My Tata's Guitar
La guitarra de mi tata

PIÑATA
BOOKS

Piñata Books
Arte Público Press
Houston, Texas

Publication of *My Tata's Guitar* is made possible through support from the Lila Wallace-Readers Digest Fund, the Andrew W. Mellon Foundation and the City of Houston through the Houston Arts Alliance. We are grateful for their support.

Esta publicación de *La guitarra de mi tata* ha sido subvencionada por la Fundación Lila Wallace-Readers Digest, la Fundación Andrew W. Mellon y la Ciudad de Houston por medio del Houston Arts Alliance. Les agradecemos su apoyo.

Arte Público Press thanks Teresa Mlawer of Lectorum Publications for her professional advice on this book.

Arte Público Press le agradece a Teresa Mlawer de Lectorum Publications su asesoría profesional sobre este libro.

Piñata Books are full of surprises!

Piñata Books
An Imprint of Arte Público Press
University of Houston
4902 Gulf Fwy, Bldg 19, Rm 100
Houston, Texas 77204-2004

Cash Brammer, Ethriam.
   My Tata's Guitar / by Ethriam Cash Brammer; illustrations by Daniel Lechón = La guitarra de mi tata / por Ethriam Cash Brammer ; ilustraciones de Daniel Lechón.
      p.   cm.
   Summary: While sharing stories of their Mexican-American family's past, a grandfather gives his grandson the guitar he received from his own father.
   ISBN 978-1-55885-369-0 (alk. paper)
   [1. Guitar—Fiction.   2. Fathers and sons—Fiction.   3. Mexican Americans—Fiction.
4. Spanish language materials—Bilingual.]   I. Title: Guitarra de mi tata.   II. Lechón, Daniel, ill.
III. Title.
PZ7.B735789 My 2002
[E]—dc21   2001051157
                                                                                                CIP

∞ The paper used in this publication meets the requirements of the American National Standard for Permanence of Paper for Printed Library Materials Z39.48-1984.

Printed in Hong Kong in November 2015–February 2016 by Book Art Inc. /
Paramount Printing Company Limited
14 13 12 11 10 9 8 7 6 5 4

For Diahna, Andrew and Jonathan.
—ECB

To my Cata with lots of love.
—DL

Para Diahna, Andrew y Jonathan.
—ECB

Para mi Cata, con mucho amor.
—DL

The garage was my favorite place to go in my tata's house. You never knew what you might find hiding in the shadows.

El garaje era el lugar que más me gustaba de la casa de mi tata. Nunca sabías lo que te podías encontrar escondido entre las sombras.

That's when I saw it for the first time. The neck of his guitar stuck out like a black swan gasping for air.

Fue entonces cuando la vi por primera vez. El cuello de la guitarra sobresalía como un cisne negro buscando aire.

I stepped carefully, making my way through the maze of boxes and forgotten furniture.

Caminé con mucho cuidado, abriéndome paso entre el laberinto de cajas de libros y muebles olvidados.

I reached out. As I pulled it from the cobwebs and darkness, an old lamp fell over and broke.

"What's going on in there?" my tata yelled.

Extendí el brazo. Al sacarla de entre las telarañas y la oscuridad, una lámpara vieja se cayó y se quebró.

—¿Qué pasa ahí? —gritó mi tata.

"Na . . . na . . . nothing," I said.

My tata opened the garage door, looked at the lamp on the floor, and said, "Ah, you found my tata's guitar!"

—Na . . . na . . . nada —le dije.

Mi tata abrió la puerta del garaje, vio la lámpara en el piso y me dijo: —¡Ah, encontraste la guitarra de mi tata!

When he opened the case, a cloud of dust burst into the air like a symphony of a million musical moths, all competing to be heard at the same time.

"This is the guitar that my tata gave to me when I was about your age," he said.

Cuando abrió el estuche, una nube de polvo se reventó en el aire como una sinfonía de millones de polillas musicales que competían para que se les escuchara a todas al mismo tiempo.

—Ésta es la guitarra que me regaló mi tata cuando yo tenía tu edad —me dijo.

As soon as his fingers passed over the strings, those musty moths changed into beautiful butterflies, filling the darkness of the garage with a magical light.

En cuanto sus dedos tocaron las cuerdas, las polillas polvorientas se convirtieron en bellas mariposas que llenaron la oscuridad del garaje con una luz mágica.

He played the guitar and told me many stories. He told me how his own tata taught him how to play many, many years ago.

Tocó la guitarra y me contó muchas historias. Me dijo cómo su tata le había enseñado a tocar la guitarra hacía muchos, muchos años.

"My tata played in the posadas every Christmas, 'In the name of Heaven, won't you give us shelter? My dear beloved wife, tonight can go no further.'"

—Mi tata tocaba en las posadas cada Navidad: "En nombre del cielo, pedimos posada, pues no puede andar mi esposa amada".

"And he played at birthday parties too, 'Happy birthday to you, happy birthday to you, happy birthday dear . . .'"

—Y también tocaba en los cumpleaños: "Éstas son las mañanitas que cantaba el Rey David, hoy por ser tu cumpleaños, te las cantamos a ti".

He even told me about the night when he fell in love with my nana, and how he went to her house to serenade her under her window. "I'm in the mood for love, simply because you're near me . . ."

Hasta me contó acerca de la noche en que se enamoró de mi nana y de cómo fue a su casa a darle una serenata debajo de la ventana: "Dulce amor de mi vida, despierta, si te encuentras dormida . . ."

He also told me that when they came to the United States, he sang around the campfire after long days of working in the fields, "*Ay, ay, ay, ay,* sing, don't cry . . ."

Me contó también que cuando llegaron a Estados Unidos, él cantaba al lado de la fogata después de los largos días de trabajo en el campo: "Ay, ay, ay, ay, canta y no llores . . ."

I was so amazed that I hardly noticed when he put me on his lap, and asked, "Do you want to learn how to play the guitar?"

"Yes, yes, Tata, yes," I replied excitedly.

He showed me some chords, then said, "Take it. It's yours."

Yo estaba tan sorprendido que no me di cuenta cuando me sentó en su regazo y me preguntó: —¿Quieres aprender a tocar la guitarra?

—Sí, sí, Tata, sí —le contesté emocionado.

Me enseñó unos cuantos acordes y luego me dijo: —Toma. Es tuya.

"What?" I responded.

"Yes, son. It's yours. My tata gave it to me. And now I give it to you."

"Oh, thank you so much, Tata! I love you so much!" I shouted.

"I love you, too," he said as he passed the guitar into my hands.

—¿Qué? —respondí.

—Sí, m'ijo. Es tuya. Mi tata me la regaló. Ahora yo te la regalo a ti.

—¡Ay, muchas gracias, Tata! ¡Te quiero mucho! —grité.

—Yo también te quiero —me dijo cuando me puso la guitarra en las manos.

Ethriam Cash Brammer holds an MFA in Creative Writing from San Francisco State University. A widely published poet, screenwriter and writer of fiction, he is also the translator of *The Adventures of Don Chipote, or When Parrots Breast-feed*.

Ethriam Cash Brammer tiene una maestría en Creación literaria de la universidad San Francisco State. Sus poesías se han publicado extensamente. Es dramaturgo y escritor de ficción así como traductor de *The Adventures of Don Chipote, or When Parrots Breast-feed*.

Daniel Lechón is a prize-winning artist whose works have been collected and exhibited in museums and galleries in the United States and Mexico. Lechón currently resides in Houston, Texas, where he shares his talents as an illustrator for Arte Público Press and continues to produce fine works for exhibit and sale.

Daniel Lechón es un artista que ha ganado muchos premios. Sus obras son coleccionadas y han sido expuestas en museos y galerías en Estados Unidos y México. En la actualidad, Lechón vive en Houston, Texas, donde comparte su talento como ilustrador para Arte Público Press y continúa produciendo obras para exposición y venta.